市長序

盛開鳳凰木上的文學風華

歲月流轉，日月交會，坐看山海萬象，背倚天地群山，如此得天獨厚的天然條件下，臺南文學得以耕植其中，一方面吸收不同背景的精萃人文，同時又廣納多元的獨特觀點與創意，建構出如登百岳之宏觀視野，及萬丈氣魄的風骨精神。當文人提筆劃開天際，小至地方的一草一木，大至島國划向世界的一槳一舟，歷史正依著蜿蜒的河道，在名為「時間」的長河上流淌向前。

文化局按一年一輯所出版的「臺南作家作品集」，一直以來力將作家們筆下如此寫意之風景，編撰成冊付梓成書，體裁多樣既不失對地方文史的關注，亦讓不同語種的書寫聲響，更為臺南打下穩固的基底，帶來幅員廣闊的藝文生態，成為城市的未來願景裡，最不可或缺的一塊。

今年的作品選輯特邀延平詩社暨南瀛詩社社長陳進雄與夫人吳素娥，兩位長期致力於古典詩創作的詩人伉儷精選佳作《儷朋／聆月詩集》；辛金順以流暢雅緻的文風，記錄府城的閑靜與緩慢步調的散文集《光陰走過的南方》。

楊寶山以「噍吧哖事件」鋪陳所寫之長篇小說《流離人生》，深具生命意涵；有「龍崎草地博士」之稱，臺南鄉土文學的奇人林仙化，長年致力於四句聯的創作，以民間歌謠書寫人生經驗的《好話一牛車——臺灣勸世四句聯》，以及陳榕笙深具在地特色，體現對自然生態關注的少兒文學作品《台南囝仔》。

臺南，擁有底蘊深厚的文化記憶，無論置身於懷舊的街廓巷弄，抑或是漫步在當代建築與歷史古蹟之間，仍處處可見因時代更迭所保留下的深刻軌跡。人文史料是地方發展的源頭，世代傳承的文人作家，因感悟人生而寫下的部部經典，宛如浩瀚無際的星系中，最耀眼的文學星辰。

天地有大美，文人寫作不輟，運筆揮毫對生命之感念，萬物皆有靈，為其採集而盡收筆底。或聽賢者仕紳的巧思妙語，或看文人雅士的意到筆隨，對土地所抱持的那份豐沛情感，凝縮成了書頁中的字字珠玉，如引數道靈光，穿透一座城市的表與裏，而歷代的文學風華，彷彿年年滿溢盛開的鳳凰木花，層層堆疊爾後扶搖而上，飄散出古都的韻味芬芳，甫走過開花結實的十年，如今將又邁入另一個精彩十年。

臺南市　市長

局長序

南風霽月　筆墨生花

文人聞松風而落筆，夜觀水月成文章，文學書寫宛如征途萬里、攀爬千山百岳，日月積累而形塑出有其山勢、山形之文風，將大處所見的宜人山水，落上紙捲化作繁花；文化，從土地誕生，富含底氣的草根精神，成為孕育作家創作的肥沃養分。自古迄今，口傳與書寫作為一種見證的方法，記錄並傳播關於這片土地上，隨時間更迭的歷史演進，與細處可見的溫暖人情。

今年出版的「臺南作家作品集」已進入第十一輯，共收錄五部文壇作家們的精心傑作：《儷朋／聆月詩集》為兩位資深古典詩的創作者，延平詩社暨南瀛詩社社長陳進雄，與夫人吳素娥合著的詩集選，以詩文描繪各地的絕美風貌，亦有蘊含對人文土地的雋永情懷；《光陰走過的南方》是出生於馬來西亞的著名詩人、作家辛金順，在進駐「南寧文學・家」時期寫下的著作，文筆如行雲流水，曾經駐足府城的足跡身影躍然紙上，恣意奔馳於文字之間，使人玩味流連。

《流離人生》的作者楊寶山，以地方文史為寫作切角，再將「噍吧哖事件」鋪陳為文學小說，人物對話穿插臺華雙語，敘事分明亦可見其深刻之觀點，留存在人們舊時記憶中，因時空背景下，萌生而出的求生意志，得以藉情節的推進，詮釋出人生的流離感慨。

《好話一牛車——臺灣勸世四句聯》，臺南「龍崎草地博士」林仙化，以象徵臺灣民間文學與口傳瑰寶的四句聯，用勸世歌謠的形式，融入禮俗文化與世間百態，鄉土文學的奇人，不僅致力於推廣母語，更重視倫理教化的面向；《台南囝仔》的作者陳榕笙，長期專注於少兒文學的寫作，將書寫與在地的連結當作為使命，選集中除了體現鄉土情懷與人文素養之外，活用小說創作的想像之力，把自然生態的知識趣味，注入到故事當中，無論逆境或順境，光明的未來依舊在前方靜靜等待。

南風再次吹起，作家文人仰屋著書，採集這座城市的過往今來，以詩文將眼所見、心所想付諸實行，歷經四季洗禮而越發茁壯，十年有成如絕美大闊的山岳景致，因新舊時代的思想碰撞，而抬升出屬於「文學」特有的山脈地勢，夜空下，文字如鑽石般璀璨耀眼，指引愛好之人，穿越重重的雲霧森林，始登上文學之巔，俯瞰古都伴歲月流轉，以時光熬煮出的沈香之味，盡收書冊扉頁之中。

臺南市政府文化局　局長

葉澤山

主編序

老幹茁長盼新枝——臺南作家作品集第十一輯

臺南作家作品集的出版編輯已經行之有年，每年為優秀的臺南文學創作者出版他們心血結晶的佳作，多年下來也因此累積出不少傑出的文學創作，包括詩、散文、小說、劇本、歌謠、文學評論等。這些創作因為要求作者或者生長於臺南，或者就學、工作、就業於臺南，書寫者在字裡行間與情感意識間，自然包涵有各式各樣的臺南在地風土民俗、人情物事與在地故事。筆者這幾年很榮幸都有機會擔任評選工作，也在多年的閱讀中，累積了對臺南越來越深廣的認知，不僅收穫良多，也樂在其中。

本期出版作家作品集共五冊，包含辛金順《光陰走過的南方》、林仙化《好話一牛車——臺灣勸世四句聯》、楊寶山《流離人生》、陳榕笙《台南囝仔》，以及陳進雄、吳素娥合著《儷朋／聆月詩集》（依姓名筆畫序）等。

其中辛金順是畢業於成大中文系，在臺灣取得博士學位的馬來西亞籍留學生。詩和散文過去不論在臺灣或馬來西亞都曾獲獎無數。這部散文集《光陰走過的南方》主要收錄其分別於二〇一九與二〇二〇年七、八月間兩次進駐南寧文學家時所創作的作品。分「巷弄時光」、「古蹟行止」、「味蕾鄉愁」、「一路走過的背影」等四輯，或記錄在府城巷弄遊走的時光，或書寫臺南歷史行跡與變遷，或挖掘舌頭下深層的味覺記憶，包含臺灣與馬來西亞飲食方式的比較等，或寫出其觀察的人情世態、人物行跡。筆觸綿邈舒緩中常帶有蒼涼的深情，擅長在過去之我與現在之我間對詰轉位，以究問時間的意涵，並摘取時光中的記憶零件，重探今昔的接縮路徑，其抒情記事的才情，寫出了府城的慢與閒，更寫活了臺南巷弄的尋常生活，贏得評選委員一致讚賞。

其次，林仙化為出身臺南龍崎的奇人，長年致力於四句聯的創作和發揚，重視母語和倫理教化。不但善於信口捻來，即興創作傳承傳統民間智慧的四句聯，也是在地竹編彩繪能手，有「龍崎草地博士」之稱。四句聯是臺灣民間文學和口語文學的瑰寶，這種出自民間卻又講究對句押韻的文字藝術，對某些人來說或覺過於工整機巧。但好的四句聯要抓住一般大眾的心，卻不僅靠音韻諧洽、對仗和美就可以畢其功；而是在連字綴句間，需能掌握住常民生活的精微奧妙，出人世態倫常的理情縫隙，讓人同意點頭，甚至豎指稱道。林仙化此一輯中字句多半平易簡樸，有的甚至稚拙到讓人笑倒，但正是這些俚俗莞爾處，既具現了最接地氣的人情日常，又隱藏著時代社會的轉變，諸如「有人足愛食重鹹，無鹹桌頂眾人嫌，做人新婦有夠忝，大家大官踅踅唸」，就全然在表達遇到難伺候的公婆，當媳婦的非常辛苦的疼惜，與一般認知會強調孝道至上的預期全然不同。其次，書中有不少首寫及軍中生活的細節，如「人在軍中心在家，緊急集合烏白捎，電火轉甲無半葩，鞋仔穿了毋著跤」、「半睡半醒目睭花，陷眠行路煞飛飛，步銃一時無當揣，外褲無穿戴鋼盔」，傳神演繹軍旅生活，讀來也可謂妙趣橫生。傳統四句聯多為勸世詩文，讀來有時難免帶點封建味道，這本書裡雖然也有這類勸善懲惡的題材，但不少更是對現代科技過度發達的批判，也就是即使傳統仍帶著科學反思的視野。也因此，這是一本既能表現現代思維，又捍衛著傳統老靈魂，值得讚賞的通俗文學創作。

又，楊寶山一直是說故事的能手，長年致力以文學呈現地方文史，尤其多年來書寫不斷的噍吧哖事件相關故事，包括一九九五年由臺南縣立文化中心出版的《我家住在噍吧哖》、二〇一四年由臺南市政府文化局出版的長篇小說《噍吧哖兒女》等，收入本次作家作品集的《流離人生》也是以噍吧哖事件為背景延伸而出的故事。他曾自述自己為「噍吧哖事件」受難者後代，家族中有包括曾祖父及家族祖先共七人因該事件遇害，造成家族姓氏與血統大變異。故鄉人寫故鄉事，在楊寶山身上可以得到相當程度映證。有些歷史雖然不以作者家鄉龜丹為主，但卻因經歷相同的事件影響而會有很能貼印的情感共鳴。這本小說與楊寶山另一短篇〈招羅漢腳仔〉及《噍吧哖兒女》有著同樣背景，甚至〈招羅漢腳仔〉與《流離人生》女主角亦同樣名為「張江氏蕊」。這幾個故事都因為噍吧哖事件死傷慘重，許多男丁被殺，致使鄉里普遍缺乏男丁的勞動人力，粗重的活無人做，因此有了「招羅漢腳仔」的事件為小說重要元素。而本書建立在由此一噍吧哖事件後女主角「招羅漢腳仔」不成後衍生的悲劇。在傳統倫常觀念的束縛，與主角人物性格的固執彆扭下，造成後代對自己血緣的困惑無知。這些讀來極為封建保守的故事聽來似乎難以想像，但距離現今也不過百年，也仍深刻地影響著家族與後代子女。

另外，陳榕笙《台南囝仔》收集陳榕笙多年來書寫的少年、兒童創作小說，與散文專欄文章等兩大類。小說多為過去在「臺南文學獎」、「府城文學獎」、「南瀛文學獎」等得獎作品，散文與專欄文章則多為其在《國語日報》、《中學生報》、《幼獅文藝》、《中華日報》、《聯合報》繽紛版或相關兒童文學雜誌已發表的文章。陳榕笙雖以兒童文學為主，但筆下人物除可見看顧廢棄大樓的警衛、從經營婚紗店到小鎮咖啡館到最後經營檳榔攤的社會「魯蛇」、檳榔攤老闆的兒子等，這些人物的故事場景多發生在海濱荒村，彷彿可以嗅聞到出身佳里的作者自小就是「住海邊的」。海邊長大因此有許多的奇遇和大海訴說的哲理，比如擱淺的鯨魚、黑色有著巨大背鰭的劍旗魚、大海的規矩等。這些作品雖然篇幅有限，卻頗能帶出臺灣西南海濱特有的氛圍，而他們的人生也反映了臺灣社會接近底層人物的市井日常。

其中〈夜奔〉尤其是篇帶有甜美奇幻色彩的少年小說。小說將時空設定在近四百年前的蕭壠半島，西拉雅孩子麻達焦立烈和麻達邦雅一起追逐一隻傳說中山裡的大白鹿神獸，隨後一位從葡萄牙人船艦上下來大員搬貨的非洲黑人巴布，和漢人「三哥」又加入。他們一起追逐大白鹿的行動後來為荷蘭傳教士甘治士所知，建議他們乾脆來場臺灣首次的「國際馬拉松大賽」。四人最後真的合力划著舢板船，在島與島之間前進，傳遞手中聖火和甘治士交待要帶給熱蘭遮城長官的書信。故事最後他們神奇地目睹海水變桑田，馬路、路燈、高樓大廈四處林立於眼前，這帶有未來想像的臺灣現代場景。卻因為腳下沙洲突然劇烈搖晃，聖火掉落海中，傳遞工作並未完成。但小說末尾丟出大白鹿的訊息，要西拉雅人的兩位麻達少年把內海孕育的文化與傳說永遠流傳下去，「就像永遠奔跑的麻達，一路上總會遇到志同道合的好夥伴」。此一內容扣應佳里一帶北頭洋善跑的飛番故事，也是一篇充滿臺灣未來寓意的故事，特別耐人尋味。

最後，本輯收入邀請的資深伉儷詩人陳進雄、吳素娥合著古典詩作《儷朋／聆月詩集》。陳進雄為臺南歷史悠久的延平詩社暨南瀛詩社社長，長期致力於古典詩創作與推廣，對保存臺南古典詩社傳統卓有貢獻。而古典詩壇稱為「素娥姐」的詩人吳素娥，詩作亦不見遜於夫君。此次古典詩合集所收，多兩人攬勝、采風、贈答、題詠等應時感懷之作，包括五律、七律、五絕、七絕，甚至竹枝詞等，為夫妻兩人多年創作的精華。有心人可以細加體會。收錄古典詩人創作也是向過去長期創作的古典詩人們致敬的意味。

古典詩文類目前書寫者少，傳承不易，自然因為時代易換，文體也因之代變。然以今觀古，同樣登樓攬勝，臨風遠望，古人今人同樣能喚起天地悠悠、物我相繫的懷抱，情感的傳達不會因為文體的不同而有差異。對景抒情，文字間又往往能見出詩人的性情特質。對照夫妻兩人詩作，便能發現兩人不論詠史、紀事、即物寫景、即景抒情，均有可以並觀之處。如陳進雄兩首〈蓮花〉：「翠扇紅衣不染塵，亭亭出水態嬌新。相憐盡日知誰是，夢穩鴛鴦葉底親。」及「淤泥不染逞嬌姿，玉立亭亭出水時。我比濂溪痴更甚，幾疑仙女步蓮池」；與吳素娥這首〈白荷花〉：「幽香縷縷影參差，玉蕊水姿映碧池。疑是凌波仙子舞、鴛鴦葉底喜相隨」，兩人寫蓮用詞與意象略近，均清新有味。而陳進雄有〈鹿耳春潮〉：「桃花浪捲海門東，鹿耳沉沙蹟未空。記得英雄鏖戰地，驅荷霸業弔孤忠」；吳素娥也有〈鹿耳觀潮〉：「濤風鹿蕩春風，放棹人來夕昭紅。劫後鯨魂今已杳，臨流憑弔鄭英雄」，可以見到夫妻琴瑟合鳴的精彩。但整體而言，陳進雄詩作較多時事感懷，包括最新的疫情、兩岸關係、民主議題，均嘗試入詩；而吳素娥則相對較多寫夫妻、親子，女性視角。如吳素娥這首〈女騎士〉：「楚楚衣冠看整齊，乘來摩達出香閨。娥眉大有英雄氣，馳遍名山興未低。」一直接將女性騎乘摩托車也可以馳遍名山的不讓鬚眉之氣表達得颯爽帶勁。夫妻的各自性情，從詩的表現上，亦可見出端倪。

這次收入輯中都是耕耘有年，有一定資歷的創作者，在恭喜這些資深創作者的作品出版之餘，也期待未來能看到更多臺南更年輕、傑出，志於創作的在地人才優秀作品陸續出版，讓老幹茁壯、新枝發芽，蔥蘢繁茂，生生不息，不斷豐富臺南文學的園地。

廖淑芳
國立成功大學臺灣文學系副教授

自序

余少年好學，出身望族，日讀初高中學校夜讀私塾，師承黃生宜先生，指導老師李步雲，授教指南尺牘、秋水軒，幼學瓊林四書、古文及千家詩、唐詩等書，旋十七歲參加台中全國詩會，幸喜獲獎，廿一歲就職台南高等法院書記官，嗣後，參加台南延平詩社擊鉢聯吟，於五十二年首屆膺任，鯤瀛詩社社長吳新榮，余擔任總幹事。邇後，擔任延平詩社及南瀛詩社之社長，於七十二年台南市立圖書館聘任國學詩詞班講師，暨九十一年台南市秀峯詩學會擔任國學班老師傳授詩文，培育菁莪。人才輩出增添府城韻事。

溯至民國五十八至八十三年間，主辦全國詩人大會暨鯤南七縣市詩會，約有二十餘次，參加者數百人。盛況空前，提高府城文化，振起騷風盛極一時。

此次詩集剞劂，承蒙文化局鼎力支持襄助，萬分感恩、永銘五內，刊行余與內人合著儷朋聆月詩集，付梓問世，發揚府城歷史文化，詩風重現風華更添詩史文獻一頁，流傳後世，永垂不朽，數言綴語，是為序。

——陳進雄謹識，中華民國一一〇年六月廿三日

余從年屆二十，對詩學志趣甚濃，加入詩社，研習課題寫作，偶隨長輩參加全國詩人聯吟大會，見識詩壇盛況。

年華廿一待字閨中，承雙方師長撮合與陳郎締結鴛盟，是時，騷壇以「翰墨姻緣」為題，徵詩誌慶，一時傳為詩壇韻事。

溯自結縭，甘苦共嘗，建立家庭，培育二男一女各自成家立業，然時光飛逝已歷一甲子春秋，而今白髮蒼蒼已是八二老人矣，緣志趣相投，六十年來屢次參加聯吟比賽探驪拔幟亦尋常之事，由此累積詩稿，包括閒居什詠、詩友唱和或旅遊名山勝蹟詠景留題或為寺廟撰聯等二百餘首，取百首刊登於聆月詩集流傳後世為紀念。

——吳素娥

目錄

七言律詩

——陳進雄

百年好合

廚師妙配美容師　兩府陳黃喜結褵
共食共眠常共勉　相親相愛永相隨
三台鷗鷺賡詩頌　一對鴛鴦比翼時
佳偶今成賢伉儷　白頭偕老到期頤

孫炳河八秩書法回顧

炳燭光騰燦府城　河通洙泗著才名
八旬龍馬精神壯　百帙縑緗翰墨賡
書畫連篇懸粉壁　法章幾幅蔚騷情
回巡展覽揚文化　顧盼人來喝彩聲

靈山秀水會雙溪

一水分流秀水環　香菇山藥盛貂山
源通詞海追潘陸　筆頌詩鄉效孔顏
花苑泥粘名士屐　虹橋影捲美人鬟
雙溪拓展觀光地　十景名揚國際間

泰山設治七十周年

開基設置泰山莊　前輩辛勤拓地荒
市井繁榮民富裕　人文薈萃國隆昌
賢師書院培桃李　秀水天泉出棟樑
七十春秋桑梓史　功歌邑宰力圖強

追思李社長步雲先生

六年仙逝感匆匆　舊事重提記憶中
佳里授徒垂教澤　快園遺稿振騷風
卅齡相處師兼友　五代同堂孝與忠
創社南瀛膺社長　詩壇泰斗步雲翁

同右

生逢甲午步雲公　師事芹香漢學工
社創南瀛膺社長　詩傳北嶼振詩風
紅梅一首雙元獎　白髮高齡百歲翁
緬想快園吟草在　好留佳句碧紗籠

同右（追思李社長步雲先生）

南瀛翹楚步雲翁　扢雅鴻儒譽海東
繼起前賢傳正統　提攜後學振騷風
詩詞百帙匡時句　德範三台萬世功
共仰隴西蘭桂季　孫為教授子昌隆

同右

獨領風騷李漢忠　南瀛社長壓群雄
世稱人瑞才名著　筆頌詩王德望隆
化育著莪佳里外　栽培桃李快園中
執盟牛耳堪回憶　一代詞宗萬古崇

離岸風力發電展望

離岸安裝線路長　傳輪二氣配陰陽
電機借取風雲力　城市追求日夜光
發展能源興海港　繁榮經濟利工商
相期列缺輝天下　造福人群裕國疆

同右

離堤架線起雷霆　兩極陰陽有萬靈
光耀城鄉與社稷　功同日月利財經
繁榮百業人齊頌　造福群黎電不停
般望能源風力足　富強邦本裕家庭

南瀛詩幟永飄揚

會開西港締鷗群　旗鼓堂皇壯一軍
五秩稱觴聯翰墨　八方揮纛掃邪氣
筆花輝映曾溪水　鉢韻飄揚赤嶺雲
社創南瀛誰創始　步雲文瑞進雄君

同右

五十春秋壯一軍　聯盟七社久名聞
南瀛創始懷文瑞　西港傳承仰步雲
拂起凌空龍鳳舞　招來映日鷺鷗群
頻揮大纛陳吳責　重振心旌靖俗氛

麗澤詩社五十二周年誌盛

恭逢社慶萃鷗群　五二齡登會以文
山聳諸羅呈鳳藻　溪流八掌見龍紋
沈公遺集詩無價　蘇老題名墨有芬
麗澤敦槃聯雅誼　吟聲響遏九霄雲

同右

昌詩衛道振斯文　繼起騷風靖劫氛
旗鼓掌皇聯鷺侶　江山藻繪狎鷗群
薪傳麗澤人才盛　鉢響嘉城翰墨芬
五二春秋開盛典　謳歌社慶筆凌雲

戊午天中節安平天后宮雅集

熱蘭城外幟高飄　薈萃冠裳盛六朝
月漾鯤鯓深淺水　風吹鹿耳去來風
詩歌屈子沅蘭在　廟謁天妃俎豆饒
今日盍簪懷國姓　鼎湖龍去霸圖消

同右

年逢戊午艾旗飄　頂禮天妃雅友邀
石井鯨歸明祚盡　鼎湖龍去鄭魂招
人參廟宇滄桑古　客謁神宮俎豆饒
載筆不堪思古蹟　草雞磚渺楚臣招

全民祈福百年安康

光彩中華頌百年　祈安盛典盛空前
愛民廉政歌英九　建國勳名仰逸仙
四海騰歡平等日　萬家同慶自由天
開明政治開新局　兩岸和平福運綿

弘儒濟世五十周年

五秩星霜此奠基　堂稱濟化久名馳
興儒救世崇雙聖　渡眾迷橋啟四痴
三部善書鸞闡教　大成寶殿鳳來儀
藍田缽繼尼山鐸　萬丈毫光絢斗箕

台南軒轅神宮安座大典

上觀鑾殿下鯤洋　慶典宏開俎豆香
宮聳新寮龍獻瑞　座安舊府鳳林儀
發明弓矢誅蚩寇　創作舟車頌德王
詩誌軒轅人誌盛　中華始祖子孫昌

同右

軒轅宮裡御爐香　鷗鷺來參禮意長
安座鐘敲雙鳳闕　題襟缽響七鯤洋
誅蚩涿鹿欽黃帝　登陸騎鯨仰鄭王
此日新寮隆盛典　騷人爭獻紫霞觴

興文教化

獎署文昌教化功　承先啟後振騷風
藍田幸有薪傳火　翰苑寧無缽擊銅
重振葩經師孔子　復興儒道紹朱公
魁星高照英才盛　社會祥和進大同

同右

培育人才志一同　南投士子氣如虹
牧民生教興儒道　藜火傳薪振國風
啟迪無分貧與富　潛移默化潰兼聾
藍田首創文昌獎　起鳳騰蛟世所崇

諸羅建城三百周年

宋公功績至今傳　城建諸羅蹟未遷
雉堞遺留清壁壘　鵶垣終屬漢山川
乾隆賜匾垂青史　博雅銘碑紀昔賢
三百週年開盛典　吟聲響徹九雲天

同右

三百年來雉堞堅　恭參盛會盛空前
詩歌博雅功猶在　史溯康熙蹟未遷
碑建諸羅民主地　人登木柵自由天
北城對峙桃城壯　扼控嘉南靖劫煙

春水

江頭日暖水流東　鴨已先知淑業融
滿浦漁歌楊柳岸　三層浪捲杏花風
池塘難辨青和翠　澤畔分明綠與紅
既足既沾蘇萬物　一犁春雨兆豊年

同右

渡江梅蕊水朝東　澤潤田園稻麥豊
鴨戲先知波已暖　魚游早覺雪初融
雙溪艇泛桃花浪　千頃濤翻柳葉風
願望一黎春雨足　甦蘇萬類惠商工

文苗茁壯秀桃園

德林人傑久名聞　化育文苗樹一軍
造就菁莪才拔萃　栽培士子志超群
絃歌響徹龍潭月　鐸響催開虎嶺雲
繪出桃園桃李秀　騰蛟起鳳史留芬

同右

誨人不倦志高昂　善誘諄諄教有方
聖訓怡怡資育化　詩歌綽綽振綱常
早培士子成龍鳳　樂訓菁莪作棟樑
此日桃園苗茁壯　欣看泮水出蓮香

台灣辦世運

台灣世運譽全台　主辦高雄世界來
炮響操場人擁擠　旗飄會館客徘徊
健兒競技身村壯　選牛稱雄體力恢
為國爭光人喝彩　維揚我武奪魁回

防流感

侵台瘟疾惹愁懷　醫療群黎設備佳
旅客量溫防感染　機場檢疫早安排
病從墨國傳媒菌　禍及環球播毒霾
世衛參加民寄望　提供妙藥惠吾儕

赤崁樓重修紀念

重修赤崁歷艱辛　亭榭樓台絕點塵
武庫降圖仍尚在　雕欄畫棟已翻新
墻頭壯麗銅駝靜　簷角玲瓏鐵馬來
薈萃人文欣紀盛　賡詩合頌鄭功臣

同右

崔巍赤崁慶翻新　功紀延平勝跡陳
劫後王梅留勁節　霞飛鴛瓦絕纖塵
雕甍璀璨昭鯤海　畫棟玲瓏絢鹿澤
攬古登臨無限感　神州翹首倍傷神

萬和大樓落成雅集

鳳闕崔巍美奐輪　登樓眺望慶完成
襟題屯嶺詞鋒壯　缽響翠江筆陣新
封后配天功在宋　護軍渡海澤于閩
中州靈乞湄州火　一點婆心庇九垠

同右

堂名毓德萃名人　金碧輝煌燕賀頻
載筆中台銅擊缽　題襟大肚火傳薪
總兵事蹟功猶著　聖母威靈蹟尚陳
宮謁萬和冠蓋萃　坤儀廣被舜堯民

運河龍舟競渡

汨羅水接運河邊　鼎沸人潮看畫船
客弔湘江懷正則　旗飄靖海仰銘傳
百舟競渡心連手　兩岸觀摩踵比肩
十里台江簫鼓鬧　萬流砥柱壯南天

同右

運河水接海之邊　競渡龍舟有後先
掠水蘭橈旗捲岸　衝波桂槳鼓喧天
乘風破浪追宗慤　荐黍招魂弔屈賢
節紀端陽人紀盛　彩絲繫臂壽延年

朴子昇市週年紀盛

朴津昇市慶相逢　誌盛週年喜萬重
缽響牛溪堅筆陣　襟題荷嶼壯詞鋒
騷風浩蕩追蘇軾　德政崔巍紹魚恭
美媲太原賢今尹　輝煌治績世人宗

曹公廟懷古

天開鳳邑鎮南州　載筆人來廟已修
名貫古今塘九曲　渠分新舊史千秋
琴鳴書院騷風振　碑勒旌功德政優
緬想曹公圳尚在　灌田萬顆水長流

祝西螺大橋落成五十周年

齡登半百萃吟黎　慶典歡呼綵剪齊
架設鰲梁通北斗　墩懸雁齒往台西
祖龍鞭石心猶壯　司馬題詩志未低
昔誌落成今誌盛　行人利涉過螺溪

同右

回顧長橋五十冬　落成慶典萬民宗
題詩表柱懷司馬　鞭石填河仰祖龍
客過西螺看隱隱　車經北斗喜重重
彰雲跨越聯雙縣　縱貫交通利國墉

民主與專制

匡扶社稷展雄才　霸道推翻志未灰
馬列違心稱共產　蔣孫行憲惠全台
國分民主和專制　政有人權與獨裁
般望全球平等日　宣揚法治自由來

庚子年八一書懷

八一欣期百歲秋　粗茶淡飯晚年悠
滿園弟子英才出　放眼兒孫幸福來
文亮防瘟傳舉國　時中抗疫勝全球
天災人禍逢庚子　化險為夷眾免憂

七言絕詩

——陳進雄

祭祖感懷

清明祭祖藻蘋舒　裕後光前慶有餘
為報親恩親不在　千秋孝道紹皋魚

同右

春祭秋嘗例未除　承傳血脈聖賢如
親恩似海難回報　祖訓遺徽教孝書

鹿耳春潮

桃花浪捲海門東　鹿耳沈沙蹟未空
記得英雄鏖戰地　驅荷霸業弔孤忠

同右

千層浪捲夕陽紅　百戰沙灘蹟未空
憶自騎鯨人已杳　開台功頌鄭英雄

桃城采風

采風桃邑步從容　文物搜羅路幾重
政策推行民藝展　二張德政共尊宗

同右

桃城十里雪鴻蹤　擷俗人文逸興濃
爭頌賢明張市長　輝煌政績眾推宗

鹿港巡禮

詩鳴鹿港人才萃　社憶文開筆墨香
昔頌三間今頌沈　古城巡禮好觀光

同右

廟參天后又城隍　巡禮人來逸興長
一角鰲亭名勝地　珍齋美食潤詩腸

話舊

望穿秋水話騷群　此日重逢訴倍勤
剪燭西窗風雨夜　吟詩斟酒共論文

同右

風雨巴山感十分　滿懷離緒話般勤
今日會面言難盡　無奈明朝又別君

關懷婦幼

關心婦女作先驅　教養兒童衆望呼
響應三三專利案　幼吾之幼及懷孤

同右

節迎婦幼衆歡呼　重視娥眉及恤孤
關愛孩童生命感　成龍成鳳壯鵬圖

春日謁清水寺

韶光燦爛佛光隆　寺謁清岩一鞠躬
默禱觀音長顯化　萬家香火仰怦懞

同右

大地陽回大殿雄　莊嚴佛相顯神功
寺參清水塵無染　渡眾傳經感化中

安平竹枝詞

漁舟唱晚喜洋洋　砲壘燈台壯海疆
人立安平城上望　降清責國愧施琅

同右

安平日暮晚風恬　補網勤勞百感添
女愛撈蠔男泛棹　一年坐計在漁鹽
金城古堡久馳名　霸業空留勝概情
三百餘年遺恨在　焚衣猶誌鄭延平

東石蚵

猿江牡蠣久名傳　蚵捲噹來美味鮮
漫道蠔郎無大志　興漁裕國壯台員

同右

蚵棚萬頃夕陽妍　採浦蠔箕曲岸邊
更愛石津誇盛產　暢銷南北萬家傳

詩寫農都

農都蔬果口皆碑　精緻由園四季宜
絕好雲林誇大有　豐盈倉廩裕邦基

同右

民食為天五穀宜　春祈秋報賦新詩
雲林水稻雙冬允　擊壤謳歌富國基

洗塵雨

端陽節近雨廉纖　潤物沾花潤筆尖
願藉天河傾俐瀉　塵襟洗盡起龍潛

同右

亭名喜雨憶蘇髯　酒遍騷壇逸興添
淨化人心天作美　豐年預卜吉祥占

參觀吳和珍女士畫展

五六師徒臨會館　萬千墨寶集中華
圖形展覽神人像　栩栩如生仰畫家

臘鼓

羯鼓鼕鼕報歲殘　頻添獸炭禦天寒
冬心共契松梅友　合迓明朝是履端

白河覽勝

挔衣店口趁秋晴　遊賞蓮塘勝景生
洑盡煩襟觀水火　一山八景愜騷情

同右

白河關嶺久揚名　覽勝人來雅興生
更愛蓮塘花更艷　藕絲繫我不勝情

蓮花

翠扇紅衣不染塵　亭亭出水態嬌新
相憐盡日知誰是　夢穩鴛鴦葉底親

同右

淤泥不染逞嬌姿　玉立亭亭出水時
我比濂溪痴更甚　幾疑仙女步蓮池

大窩山樟下土地公

大窩山上一樟叢　稽首人參土地公
謁罷神祇茶賜飲　往來旅客賴惸懞

向天湖踏青

仰天湖畔賞春櫻　踏翠尋芳趣味生
橋過隱龜鴻爪印　迷茫煙水動吟情

登五峰山觀瀑

祕境登臨覓五峰　山林野趣話仙蹤
彩虹橋外瞻雲霧　煙鎖流霞淡轉濃

登秘境觀瀑

層巒疊翠五峰妍　幽谷飛泉起水煙
秘境人來觀瀑布　幾疑白鍊落九天

二林文化之旅

雙港觀來泉噴水　二林歌罷筆凌霄
獨鍾勝地騷風振　薈萃人文正氣標

請政府重視地方文化

枌榆文化嘆襄微　重視方言願不違
呼籲中央新版本　發揚台語固台畿

詩緣

苔岑共契締緣長　文化交遊翰墨場
別有吟情追李杜　詩仙詩聖姓名揚

饘餅

蚵弟欲啖是無錢　不買聞香口滴涎
佳里煎饘風味好　端來弔屈拜先賢

夏日王城晚眺

火雲未斂熱蘭城　晚棹臨流動客情
靖海吞珠收眼底　滄茫煙水杳騎鯨

同右

燒空火傘古王城　雲水迷茫夕照橫
悄立玄灘灘外望　驅荷勳業頌延平

五言律詩

——陳進雄

卯歲徵祥

卯年新景象　德政惠吾曹
莊子忘歸樂　韓公妙句褒
宋株期福運　稔歲醉香醪
國瑞徵人瑞　興台展六韜

同右

兔年期大有　仁政惠民曹
筆頌麟呈趾　詩歌鳳濟毛
聖朝開泰運　盛世醉芳醪
百業齊興旺　商機福利高

新人新政

送卯迎辰歲　龍行泰運登
利民財滾滾　富國日蒸蒸
德政唐虞比　仁風孔孟承
新人新內閣　郅治太平昇

國家命脈

天右蓬萊島　長安眾所求
存亡憑國策　興廢賴人謀
失業民塗炭　貪官政若貅
中華延命脈　朝野濟同舟

午日登萬壽山

拾級峰不仞　天中日過三
尋詩懷正則　載筆紹斯庵
策杖泥粘屐　凝眸爪印潭
江山堪俯仰　嘯傲七鯤南

桃園展望

百里望桃園　機場不世勳
大溪生稻麥　雙市盛詩文
角板春無限　石門水有紋
工商欣拓展　外匯獨超群

桂香人團圓

冰輪光皎絜　設宴醉良宵
旅客生鄉思　佳人賞月媌
團圓家族聚　酬唱戚朋邀
五桂傳今古　名揚志獨超

同右

一輪輝萬里　桂蕊己香飄
皎潔三千界　嬋妍廿四橋
稱觴兒女萃　醉月鷺鷗邀
更愛團圓夜　歡呼頌聖明

愚公酒

精釀高粱酒　萊嘉勝杜康
瓊漿名士飲　玉液美人嚐
宿醉頭無痛　回甘齒有香
愚公風味好　金獎品牌揚

謁學甲慈濟宮

學甲璇宮麗　神光絢太清
白礁遺帝德　青史著醫名
脫帽躬三鞠　參香感百生
藻蘋虔荐罷　默禱佑蓬瀛

五言絕詩

——陳進雄

靈犬

搖尾隨人意　擒兇極勇豪
吠堯傳韻事　忠主性靈獒

同右

守夜不辭勞　狺狺一義獒
槃瓠靈性凜　擒賊建功高

春遊阿里山

玉嶺開新境　遊人賞白櫻
欣看樊素艷　吐蕊已傳情

員林蚵麵線

員林蚵仔麵　小吃勝珍羞
饕客懷香味　津津齒齭香

員林鳳梨酥

燕霧鳳梨酥　香醇味特殊
佐茶甜點好　烘焙勝郇廚

蘇家武術

建館親思誌　蘇家武術揚
救人傳妙藥　祖澤永流芳

鐵路惡客

歹徒心惡毒　搞軌禍人車
檢警擒兇手　罪魁屬李家

仁者無敵

親民天下仰　社會永安寧
治國仁無敵　群倫感德馨

清明柳

晉號清明柳　復生枝葉多
子推名不朽　救主萬民歌

同右

節紀清明柳　綿山故事多
不信高爵祿　介子世人歌

待登科

十年勤奮發　一試展雄才
萬選青錢捷　登科步玉階

同右

筆試秋闈日　儒生展壯懷
龍門登躍上　及第步雲階

七言律詩

——吳素娥

億載金城

功懷翰宇至今傳　億載軍門紀百年
月漾鯤身深淺水　波翻鹿耳去來船
尋詩我愛紅夷古　探勝人歌碧壘堅
半壁河山憑鎖鑰　金城倚劍話先賢

延平郡王三百年銅像揭幕

郡王巨像聳江阿　按劍神威景仰多
肅穆衣冠明社稷　輝煌文物漢山河
舟橫鹿耳雄風在　地剪牛皮霸業磨
三百廿年隆盛典　群賢畢至頌詩歌

府城二日遊

冬霽驅車過北門　途經鴻指認名園
王祠香繞梅初放　妃廟秋經桂尚繁
夜望鯤鯓漁火鑠　朝遊鹿耳浪花翻
明晨擬向安平去　來訪金城勝蹟存

運河龍舟競渡

運河端午賽龍船　十里江千客萬千
彩鷁齊飛聽號令　錦旗奪取各爭先
潮翻鹿身降城在　浪捲鯤鯓霸業遷
弔罷三閣天欲晚　蒼茫煙水楚雲天

古風詩韻靚平溪

平溪靚境鷺鷗臨　載筆尋幽喜不禁
煤礦菁桐遺址在　老街車站歷年深
十分瀑布詩中畫　百首褒歌世外音
放罷天燈同祝福　濛濛煙雨滌塵襟

東石之美

逍遙東石紀題襟　訪古人來古厝尋
鰲鼓觀摩探溼地　港墘瀏覽賞碑林
漁村藝術馳名遠　文史風華創意深
別有碼頭雲水麗　海鷗飛燕盡知音

華嚴寺曉鐘

華嚴梵宇傍山林　幾杵敲來警世音
韻比楓橋傳客耳　聲揚鹿谷醒塵心
誘因領悟迷途返　殘夢驚回覺路尋
知是海雲弘佛法　禪觀教義惠民深

鹿谷大華嚴寺巡禮

華嚴大寺柏森森　鹿谷風光拓筆吟
騷客有緣登梵境　道場無礙淨塵心
誘因能戒迷津渡　佛法勤修悟性深
衣缽夢參傳繼夢　禪觀義學作南針

賞美大高雄

升都合併壯雄州　振起騷風仰姓劉
鳳岫園區多浪漫　旗津景點擅優遊
貝分大小湖光麗　閣署春秋史蹟悠
不獨工商齊拓展　觀光夜市譽全球

竹塹迎曦門（一百八十五年慶）

迎曦門建溯清朝　百八餘年史蹟饒
防盜於今遺砲壘　觀光從古盛人潮
城牆疊砌花崗石　屋脊形成燕尾嬌
竹塹風華多創意　雲端科技看扶搖

嘉縣采風

諸羅文物譽無雙　翹首人來興未降
水上機場通布袋　民雄學府聳猿江
農漁拓展資源盛　鄉鎮繁榮景像龐
村署三家雖蕞爾　騷風吹遍海之邦

二林覽勝

二林勝地菊花秋　賞景人來共逗留
一社蝶蹤飛款款　八間鹿苑聽呦呦
車經隧道濃蔭綠　溪望桃源濁水流
宮謁仁和參聖母　慈恩浩蕩被瀛州

淡江秋色

西風初逗野人扉　露白楓丹蟹正肥
霧銷蘆州船北返　雲橫草嶺雁南飛
思鱸張翰情何限　愛菊陶潛興不違
一抹殘霞波萬頃　漁歌響徹海門巍

草鞋墩步月

草鞋墩上碧空清　三五良宵踏月行
虎岫露沾雙屐冷　烏溪水漾一輪明
蟾光曾照挑夫路　鷗侶難忘逸士情
至竟滄桑多變化　漫隨圓缺慨浮生

冬日遊蘭陽

蘭城十里小陽天　冒冷尋幽掬冷泉
島望龜山浮曙色　瀑懸猴洞起寒煙
蜃樓幾度滄桑幻　海市曾經歲月遷
為訪吳沙開拓跡　冬山河畔問漁船

嵌津懷古

嵌津源遠史堪稽　撫誦碑銘認爪泥
波臥飛橋懷舊跡　嵐浮白石作新題
昔年商埠聯苗竹　此日文光燦斗奎
景物已隨時代改　老街風調勝歐西

雲林口湖采風

口胡文物共探尋　萬善祠前話古今
祭典招魂牽水狀　賽詩擷俗會儒林
啟蒙館頌精神壯　求得軒遺教澤深
養殖生涯重計劃　休閒漁業最關心

桃園采風

德林寺外樹吟旂　擷俗人來願不違
空港民航通國際　園區工業富商機
石門雨織煙波麗　角板山環草木菲
二鎮七鄉連四市　文明科技世揚威

塹城聽雨

竹塹春深稼事仍　空濛十里暗雲層
沛然北勢禾苗秀　灑遍南寮草木凝
側耳陸游情更逸　築亭蘇軾喜難勝
可憐客舍窗紗溼　一夜瀟瀟夢未曾

秋日八卦山攬勝

黑旗軍寨聳嶒崚　為賞秋光拾級登
古徑風飄梧葉落　豐亭露冷桂香凝
缽敲大殿盟鷗侶　地覓三摩訪老僧
最愛日斜城外去　攜囊索句頌中興

大溪觀光

盛會端陽契鷺緣　大溪勝地共流連
石門雨織薰風裡　鳥嘴雲含夕照邊
漫步老街懷逸士　悠遊古道話先賢
園區展望新園景　媲美桃源世外天

雙溪覽勝

雙溪十景共追攀　訪勝題襟豈等閒
泛棹青潭探虎霸　尋詩彩筆繪貂山
燈籠花道斜陽外　影印虹橋碧水間
推展觀光揚特產　香菇極品冠台灣

減香

封爐網路論方酣　宗教聯盟議再三
政令含糊疑未釋　民情騰沸感難堪
移風自古談何易　矯俗由來責共擔
金紙減燒香減量　提升環保眾同參

壄丁棋盤樹

棋盤腳樹葉青青　本土原生自壄丁
翠萼夜開多爛熳　瓊姿日映漸凋零
不隨桃李爭春色　相守江村養性靈
最是花期秋夏艷　風光點綴景瓏玲

敬和李步雲先生八八書懷　原韻

祝嘏筵開菊月秋　亦師亦友話從頭
且知吾輩非屠狗　曾記兒時學飯牛
入室芝蘭投意氣　半天風月遣煩憂
聯吟會啟重陽後　北海樽傾醉鷺鷗

同右

平生詩酒補蹉跎　往事雲煙似夢過
宦海商場曾叱吒　春花秋月付吟哦
交情己屬知音列　論歲相差半數多
堪羨雙棲身手健　兒孫賢達樂如何

和李步雲先生期頤華誕

筵開祝嘏萃冠裳　望重青蓮姓字香
百歲騷人稱國寶　三台墨客醉瓊漿
事親至孝歌賢媳　戲彩承歡有令郎
一代詩王堪景仰　群儒爭獻九如章

敬和鄭國禎先生庚申年元旦試筆

送未迎申又一年　吟樓偕穩有情天
小園香逗芝蘭秀　半世朋多翰墨緣
袖拂春風心亦暖　蝶穿花徑影流連
良辰共享天倫樂　只羨人間不羨仙

和陳皆興先生八八書懷

穎川聲望水同源　祝嘏群儒集德門
治績高雄桃滿縣　環遊大陸屐留痕
一籬秋菊隨心賞　萬卷經書逐頁翻
最羨情深賢伉儷　澄清湖畔樂晨昏

同右

多情眷屬有情天　桂冕詩名豈偶然
悄語偏憐偎枕畔　相看時見笑燈前
籌添海屋開桃宴　客醉蘭陵覓酒泉
但使滄浪連貝水　濯纓濯足樂如仙

祝陳皆興先生壽慶

插萸插菊上崗巒　祝嘏呼嵩九日歡
鳳嶺人來香蒲袖　龍山風大客吹冠
珠璣錯落詩初就　藻繪繽紛墨未乾
此會年年長健在　傳揚韻事耀騷壇

和陳焐焜先生續絃原韻

重訂鴛盟別有情　藍田春暖愛苗生
續絃樂奏韶光駐　引鳳蕭吹典禮成
簾捲西樓人窈窕　史留羅曼月圓明
今宵復展探花筆　試畫雙眉帶笑迎

和陳輝玉先生創業卅週年新廠落成

藥廠遷喬慶有秋　杏林春暖虎溪頭
處方遵古精心製　科學維新致力求
詩榜狀元傳盛舉　商場創業善持籌
令郎克紹韓康志　齊世胸懷豈肯休

同右

卅載經營大業成　專心煉藥濟蒼生
豪懷未減元龍志　妙術何輸扁鵲名
本以詩歌敦雅誼　偏從翰墨話交情
最難騷客登堂賀　詩酒聯歡北海傾

和黃秀峰先生七十書懷　原韻

陽春一曲手輕彈　譜出心聲逸韻漫
墨客吟詩盟鷺侶　漁郎拾蛤下溪灘
原知歲月催人易　欲和騷章愧我難
別愛煙霞供嘯傲　長天秋水等閒看

同右

春風化雨仰規鍼　遙賀騷翁杖國臨
戚友盈堂無俗客　詩書充棟勝黃金
遣懷從未荒三徑　握筆無忘惜寸陰
望海樓頭望煙水　一籬秋菊浥秋霖

賀施少峰代書華廈落成誌慶

大連路接北屯隈　輪奐摩天絕點埃
創業曾聞謀燕翼　聯吟每見奪詩魁
釋爭早著春秋筆　濟困常持答辯才
此日吳興堂誌盛　代書事務繼開來

同右

吳興堂構冠中台　詩酒樽傾北海杯
賀客情懷徐孺子　主人志紹沈文開
喬遷水湳鴻圖展　樓聳屯山駿業恢
屋自潤身書潤筆　梅樵世胄出賢才

和王少滄女史六十述懷

唱和騷壇春復秋　才華詠絮幾生修
延齡有術同松鶴　處世無爭似鷺鷗
恩愛情如琴瑟合　相隨意比鳳凰求
待經卅載期頤日　重把新詩寫白頭

和守和先生退休感懷

欣看桃李遍西門　四七星霜教澤存
蓬島居留應不悔　杏壇名錄更堪尊
菁苗化育甘尤苦　粉筆生涯曉又昏
此日功成歸隱去　天倫樂事笑聲溫

和陳竹峰先生米壽書懷

庭園芝草應時栽　夜晚書窗燭未灰
掠影青蜓鄰院去　尋香蛺蝶隔牆來
奪魁技有雕龍句　教子方如琢玉才
伉儷情深媲梁孟　良辰共醉菊花杯

和林萬榮先生七十自述

公務勤勞數十秋　功垂鄉黨老何羞
湯城煙景堪舒眼　瀛島騷壇獨占頭
伉儷情深多韻事　兒孫傑出少煩憂
古稀欣得身心健　可效平原十日遊

和林萬榮先生金婚感懷

政壇歸隱築吟廬　日事桑麻夜讀書
華灼重燃歌五秩　新詩共賦學三餘
清高久仰標風範　功業長垂著里閭
難得金婚年杖國　鷺鷗爭頌樂何如

同右

古稀壽慶又金婚　儀式維新古禮存
職長礁溪功在梓　粧催吟閣喜盈門
榮諧伉儷情何篤　福祿鴛鴦夢更溫
天錫遐齡同祝嘏　新詞遙頌五屏軒

和魏進銀女士八八壽慶

魏家才女出西螺　堅忍精神孰與齊
模範獎頒譽可仰　艱辛史歷事堪提
撫孤創業心無懈　守節操勞志未低
天錫遐齒登米壽　騷壇稱頌筆留題

和黃天爵先生八秩華誕

年登八秩健精神　書畫才華集此身
籍貫府城推望族　岐分江夏出詩人
曾留歐美泥鴻跡　共富春秋伉儷親
難得一門三博士　同沾榮譽及芳鄰

和李明璵先生八秩書懷　調寄庶鴣天

吟樓高聳署常明　八秩詩翁晚節清
戎馬沙場留偉績　儒林藝苑傲群英
不貪利祿浮生夢　已閱滄桑濁世情
到老仍思期報國　壽峰歸隱待和平

同右

自古騷人上九流　一枝彩筆遣煩憂
身閒始覺無官樂　世亂方知有敵心
邀鷗鷺　覓句酬　詩書畫裡可消愁
了知塵世無常事　豈為浮名強出頭

和邱水謨先生七十述懷

古稀筵啟歲迎羊　磊落襟懷髮已霜
兒女分居營企業　夫妻隨唱隱詩堂
偏耽玩水吟風事　又為栽蔬摘果忙
每遇騷壇開盛會　相邀鷗侶共飛觴

同右

吟廬高築果林邊　逸隱龍山享晚年
四季風光憑管領　三台詩友締因緣
人因常樂能知足　月為爭輝分外圓
最愛閒居情趣好　偶來漱石枕流泉

題陳奇祿院士書畫集

職膺院士有餘榮　學貫中西啟後生
探究原民工藝技　深諳世俗古今情
文章藻繪傳無價　書畫繽紛集大成
功載杏壇遺教澤　千秋風範史留名

結縭六十年述懷

當年翰墨締鴛盟　已歷時光甲子更
甘苦共嘗原有愛　寬容相處即無爭
旅遊勝概邀知己　鏖戰騷壇負盛名
贏得白頭雙健在　吟樓偕隱記浮生

二〇二〇庚子年八一書懷

閱歷星霜八一秋　風花雪月共悠悠
人生幸福談何易　世事迷離感不休
病毒新冠傳武漢　疫情確診擴環球
縱然科學雲端日　難解瘟災舉世憂

南瀛采風

縣治新營史蹟悠　農工科技展鴻猷
珊潭碧水深千呎　關嶺溫泉第一流
文旦馳名麻豆產　蓮花紀節白河遊
民風棫樸人才盛　薪火傳承韻事留

詩詠桃城

采風桃邑萃鷗儔　十勝煙光筆底收
騷客賽詩扶大雅　娥媚施政展宏謀
鶯聽椽苑荷香拂　月冷蘭潭桂子秋
文化承傳歌棫樸　健康城市出名流

佳里牛蒡餐

深耕佳里育青苗　牛蒡香廚妙手調
煮炒和羹隨客選　烹煎佐膳任君挑
燉雞營養開脾胃　泡酒芬芳補腎腰
風味津津饒口福　養生美食合推銷

首都展望

首都文物久馳名　巡禮人來雅興生
花賞草山千卉艷　詩吟瀛社百年盟
內湖捷運通南港　淡水長橋跨北城
別有摩天一零一　萬燈璀燦兆昇平

欒（宜蘭縣樹）

天生耐旱抗強風　花朵經秋串串紅
一望枝頭懸蒴果　幾疑林上掛燈籠
吸收廢氣功能異　除盡汙塵淨化工
贏得蘭陽封縣樹　甘棠媲美世尊崇

海燕

煙波萬頃任高飛　掠水銜風志不違
對語江間情款款　雙棲樑上態依依
翼翻碧浪裁春靄　尾剪銀濤捲落暉
最是王家消息杳　那堪回首認烏衣

詩隄燦夜——旗山景點之一

一望旗峰暮靄橫　蕉香拂袖晚風清
悠悠古道千林繞　朗朗長空萬籟鳴
放艷銀花渾夢境　題詩墨客寄幽情
燈光燦爛星光耀　合映詩隄不夜城

洄瀾山水樂逍遥

洄瀾山水冠瀛東　如入桃源夢境中
舟泛姑溪波瀲艷　雲横魯閣影玲瓏
偶看洞口泥含燕　尚認峰頭爪印鴻
絕好秋光舒視野　逍遥不覺夕陽紅

哭吴新榮堂兄千古

驚聞駕鶴上西天　星殞瑣琅感萬千
佳里懸壺推國手　南瀛文獻失先賢
哀詩讀罷心何忍　傷淚揮殘痛更綿
隨想錄成身已逝　遺篇展誦更棲然

追思李社長步雲先生

青蓮世系步雲翁　閱歷三朝百歲終
麻豆營商馳信譽　南瀛勵學紀勳功
師承林泮才華著　魁奪紅梅藻思雄
憶昔尋詩文旦宅　至今依舊仰高風

東石采風

東石鄉村傍水涯　半耕農牧半漁家
鹽田阡陌連蚶圃　帆影迷離逐浪花
牡蠣馳名誇產地　鷺鷥飛舞落平沙
猿江十里憑欄望　春暖紅林襯彩霞

台灣茶香

邀朋煮茗縱吟情　不讓盧仝七碗傾
凍頂烏龍誇極品　文山翠玉博佳評
客來當酒津津味　香溢聞杯縷縷清
特選春茶喉韻好　首推鹿谷早揚名

七言絕詩

——吳素娥

府城冬晴

雨霧寒林似碧紗　郡王祠畔訪梅花
負暄客上承天府　卻話延平霸業賒

鹿耳觀潮

濤翻鹿耳蕩春風　放棹人來夕昭紅
劫後鯨魂今已杳　臨流憑弔鄭英雄

安平古堡

堡聳安平水一涯　碑銘國性逐荷時
炮台雉堞今猶在　觸起遊人繫古思

同右

安平古堡聳江村　代歷明清史蹟存
一自荷人歸去後　長留雉堞向黃昏

鄭成功墓址巡禮

騎鯨人去感凄凄　春暖尋幽屐印泥
洲仔尾留墳址在　臨風憑弔夕陽西

陳永華墓園巡禮

扶明佐鄭護家邦　復甫將軍浩氣厖
難得潭山遺跡在　長教伉儷伴成雙

春遊將軍農村

班芝花艷舞東風　春色詩吟憶寇公
車過村莊西甲路　稻田浪捲夕陽紅

紫竹寺夜宿禪房

如然彩筆繪禪林　結伴金山古剎臨
梵境有緣同夜宿　經聲磬韻滌塵心

府城春望

城經五代歷滄桑　渡海驅荷憶鄭王
一府時光今異古　旗標民主壯台疆

同右

台江舟泛曉風微　古堡春遊逸興飛
市井商團今異昔　高樓林立富生機

府城春訊

第一番風料峭吹　王梅乍放兩三枝
受降城外寒雲斂　正是春裝上市時

蝴蝶谷夜宿

溫泉蝶谷傍山河　旅邸匆匆一夜過
只是夢魂難化蝶　縱然化蝶又如何

龍吟瀑布吊橋

蝶谷岩光映綠波　龍吟飛瀑瀉銀河
吊橋若作鵲橋渡　牛女何須怨別多

詠十八尖山九十歲

公園風貌壯觀瞻　起伏丘陵十八尖
史閱兩朝經九秩　市民遊憩澤均沾

鳳山之美

鳳崗勝地好探尋　浪漫城區創意深
更有曹圳流活水　工商發展績堪欽

暮春杉林溪訪牡丹

洛陽移植到杉林　為訪天香上碧岑
國色將隨春色盡　伊誰廝守作知音

同右

曾經唐苑鬥群芳　被貶當時紀媚娘
難得杉溪開爛慢　風華再現作花王

同右

滿園紫白與紅黃　獨占風情第一香
富貴由來原是夢　莫因開落費思量

銅鑼賞菊有感

賞菊銅鑼去較遲　芳菲採盡剩殘枝
何須惆悵繁華杳　自古榮枯各有時

震災後重遊盧山有感

震後廬山面目非　荒源景象渺生機
繁華落盡遊人少　空見殘樓對夕暉

福壽山天池巡禮

達觀亭外柏森森　樹上蒲團歷歲深
環繞天池人許願　神奇傳說共探尋

七家灣賞櫻花鮭

流水青山景色宜　七家灣賞櫻花鮭
聞道此魚膺國寶　不教人世付刀圭

醒獅園巡禮

醒獅園裡草花香　桃熟梅黃夏日長
遊罷農場文物館　鴛鴦湖畔賞鴛鴦

散花

華嚴寶剎絕塵埃　會繼維摩萬卉開
散發天香飄梵境　一花化作一如來

謁鹿谷大華嚴寺

禪林鹿谷喜登臨　寺謁華嚴禮意深
恭聽海雲談佛法　如沾甘露滌塵心

九份老街

九份淘金史有名　老街美食古今情
為觀海景登城望　遙聽濤聲起伏鳴

挑飯擔祭典（口湖萬善祠）

海嘯金湖往事經　人挑飯擔祭先靈
同歸萬善魂超渡　祀典千秋俎豆馨

天燈

十分燈節古風情　千盞扶搖映太清
官帽形如天際舞　神奇景象兆昇平

過青山仙公廟

青山勝蹟擬桃源　謁罷仙公日未昏
最是詩題天外景　蟾蜍戲鳳石猶存

遊花蓮夢幻谷

一望湖光翠接天　谷遊夢幻有奇緣
棕櫚蔚映如詩畫　身在其中樂似仙

和未婚夫秋夜感懷　原韻

涼風陣陣逗香衾　几上清輝伴苦吟
窗外淙淙秋雨急　催詩擦夢到宵深

同右

自從報上契詩緣　萬樓芳情早已牽
一夜西風三伏盡　空思獨想未成眠

同右

大事婚姻豈等閒　百年都是霎時間
今宵又是雙星會　觸景安能展笑顏

同右

情深潭水意高山　大利婚期臘月間
擇吉良人須慎重　寬心靜待有何艱

午日書懷寄軍中外子

為酬令節酒盈觴　兩地睽違感慨長
角黍一盤湯一碗　孩兒嘗罷喜洋洋

同右

青蒲緣艾插門中　全國聯吟弔屈公
未得相隨參盛會　攤箋唱和慰離衷

八段錦健身八式

托天舉手健身腰　舉足揮拳又射鵰
八式功夫分段鍊　調和氣血理三焦

同右

擺尾金龍鳳點頭　撫琴搖櫓盪輕舟
法輪常轉深呼吸　掌上乾坤運氣收

香功健身操

天生弱質自基因　早起公園養氣神
漫笑花拳兼秀腿　香功鍊就可強身

南瀛一日遊

泡浴溫泉關仔嶺　踏青勝地虎頭埤
別愛烏山頭水庫　談情泛棹總相宜

清境農場牧羊秀

草原一望草青青　看秀人來憩小亭
靈犬牧羊聽號令　領軍衝陣木橋經

夜遊理想大地

大地園區真理想　小橋亭榭聳河州
輕舟載客觀星月　別有風情逸興悠

晨泛理想溪流

清溪瀏覽作晨遊　兩岸煙光眼底收
水鴨天鵝來迓客　沿流討食逐輕舟

蓬萊山觀瀑

登臨台上望蓬萊　仙境渾如錦繡開
四壁山崖懸白練　隨風飄舞下溪來

水濂瀑布

水濂瀑布壯奇觀　飛舞奔騰濺石灘
恰似銀河龍戲水　蕭蕭聲撼捲狂瀾

斷崖春秋

懸崖斷壁史傳奇　幾度山崩版塊移
此是雲嘉交界處　層巒化作水之涯

草嶺潭

成名成谷史留名　草嶺滄桑刼幾更
七八官兵殉難後　至今嗚咽水悲鳴

白荷花

幽香縷縷影參差　玉蕊冰姿映碧池
疑是凌波仙子舞　鴛鴦葉底喜相隨

女騎士

楚楚衣冠看整齊　乘來摩達出香閨
娥眉大有英雄氣　馳遍名山興未低

同右

安全帽戴出香閨　騎術超然路不迷
窈窕身材雄糾糾　騁懷郊野又長堤

鹿港饐餅

饐餅鹿港久名傳　端午佳人玉手煎
鹹可佐餐甜宴客　聞香老少口垂涎

封面　琵鷺月曆圖

琵鷺翩翩穿白衣　乘風逐浪共于飛
潟湖暫作棲居地　不問人間是也非

正月　比翼雙飛

相親相惜態依依　展翅渾如雪染衣
比翼雙飛情更切　自由天地樂忘機

二月　勇士之舞

曾文溪口夕陽時　結伴招群列水湄
勇士昂頭相對舞　風情占盡獨揚眉

三月　展翅北返

冬來春返命相依　展翅呼群欲北歸
但使平安回故里　明年再會願無違

四月　出雙入對

雙飛雙宿匹雌雄　情重鴛鴦有始終
不棄不離相踐約　年年作客到瀛東

五月　你儂我儂

求偶公琵表愛心　相親吻喙意偏深
儂儂你我真情露　譜出低沉好噪音

六月　夏日食趣

夏日郊原草木青　黑琵彳亍野田坰
追尋生物叼虫返　養育雛兒樂忘形

七月　午休時刻

縮頸蒙頭立岸邊　午休時刻共閒眠
忽來海鳥相為伴　點綴詩情畫意妍

八月　踏水逐波

踏水揚波濺雪花　羽毛洗淨與無涯
形骸放浪紅塵外　天地能容作我家

九月　一飛千里

一飛千里上青天　腹露黃花值壯年
恰似空中懸寶傘　天涯海嶠任飄然

十月　競速翱翔

成群競速壯奇觀　飛越千山克萬難
飄泊生涯原是夢　曾文溪口待歸還

十一月　千羽飛舞

千羽翩翩百態驕　漫天飛舞逐寒潮
黑琵不是雛炎客　免向權門效折腰

十二月　初雪寒冬

棲息扶桑別有村　寒冬時節雪紛紛
不尋世外丹丘地　廝守沙濱度夕昏

五言律詩

——吳素娥

詩詠台灣

史溯明清日　開台紀鄭王
民風歌棫樸　領土歷滄桑
魯閣雲山壯　嵌樓歲月長
創新科技島　經貿看鷹揚

春滿蕭瓏

十里踃琅路　欣欣木向榮
嫣紅爭嫵媚　陀紫鬥輕盈
隴陌歡聲響　江山喜氣呈
東寧聞擊壤　叱犢看春耕

學甲采風

學甲弘文史　神宮祀保生
詩書誇勝地　謎語博佳名
蔬果資源盛　漁農物產盈
葵花新景點　訪客縱吟情

烏石港賞鯨

船遊烏石港　臨澤看奔鯨
尾潑波間舞　頭昂浪裡行
鎂光留艷影　景點著詩名
笑我非莊子　猶知樂此情

馬沙溝觀海

萬頃煙波艷　馬溝賞落霞
漁舟停岸下　海燕逐風斜
未有凌雲筆　空懷博浪沙
世情多變化　西望感無涯

湖水坑覽勝

扶笻登勝域　鷹兔穴探尋
湖水名坑著　番花古巷深
鐘聲傳寶剎　缽韻響開林
嘯傲煙霞裡　留題發浩吟

白菊花

浥露凝霜幹　清芬絕俗氛
花開三徑秀　香溢一籬香
玉朵搖銀色　風莖襯雪紋
餐英懷屈子　瘦態最憐君

台灣之光

體壇新健將　尼克立功深
紐約登名榜　彰城仰姓林
投籃精準確　上陣控攻侵
為國爭光耀　書豪舉世欽

高球天后

妮妮高爾賽　奪冠技超靈
為國爭榮譽　揚名樹典型
揮杆身矯捷　搖襬態娉婷
世運稱天后　光輝史上銘

春色宜人

拾翠東郊外　峰迴曲水淙
蒼苔留屐齒　碧浪映吟艭
出谷鶯聲巧　尋花蝶影雙
韶光無限好　欣賞與難降

橡苑聽鶯

橡苑春三月　聽鶯約故知
風和聲宛轉　雨後韻清奇
柳外雙飛急　花間對語遲
綠陰深處坐　忘卻日斜時

暮春書懷

惆悵繁華盡　花飛蝶影殘
春光何處去　世事靜中看
憂國因分裂　傷時發浩歌
全民能共識　協力挽狂瀾

寒意著梅花

寒流過境後　乍放蕊繽紛
傲雪標高格　凝霜絕俗氛
冷侵名士屐　香拂美人裙
和靖偏憐汝　千秋韻事聞

中秋問月

底事偷靈藥　飛奔上太清
夜深甘寂寞　秋半最圓明
皓魄光常照　蟾宮歲幾更
何當邀對飲　細訴古今情

台灣水

八八前軍鑑　防洪計莫延
引流歸水庫　抗旱潤禾田
上善甘居下　無爭必自堅
深期風雨順　鯤島永安然

臺南作家作品集 69（第十一輯）
01　儷朋／聆月詩集

作者　陳進雄、吳素娥
總監　葉澤山
督導　陳修程、林韋旭
編輯委員　呂興昌、李若鶯、張良澤、陳昌明、廖淑芳
行政編輯　何宜芳、陳慧文、申國艷

總編輯　林廷璋
主編　張立雯
封面設計　陳文德

出版　臺南市政府文化局
地址　永華市政中心：70801臺南市安平區永華路2段6號13樓
　　　民治市政中心：73049臺南市新營區中正路23號
電話　06-6324453
網址　https://culture.tainan.gov.tw

卯月霽商行
地址　10444 臺北市中山區中山北路一段 56 巷 2 之 1 號 2 樓
電話　02-25221795
網址　https://www.facebook.com/enkabunko
讀者服務信箱　enkabunko@gmail.com

印刷　合和印刷有限公司

法律顧問　華洋法律事務所 蘇文生律師

定價　新台幣200元
初版一刷　2021 年 12 月

GPN：1011001977｜臺南文學叢書 L143｜局總號 2021-645

國家圖書館出版品項目編目（CIP）資料

儷朋／聆月詩集／陳進雄、吳素娥著. -- 初版. -- 臺北市：卯月霽商行；臺南市：臺南市政府文化局, 2021.12
　面；　公分. --（臺南作家作品集. 第十一輯；69）
ISBN 978-626-95414-0-9（平裝）
863.51　　110019182

臺南作家作品集全書目

• 第一輯				
1	我們	・黃吉川 著	100.12	180元
2	莫有無一心情三印一	・白　聆 著	100.12	180元
3	英雄淚—周定邦布袋戲劇本集	・周定邦 著	100.12	240元
4	春日地圖	・陳金順 著	100.12	180元
5	葉笛及其現代詩研究	・郭倍甄 著	100.12	250元
6	府城詩篇	・林宗源 著	100.12	180元
7	走揣臺灣的記持	・藍淑貞 著	100.12	180元
• 第二輯				
8	趙雲文選	・趙雲 著 ・陳昌明 主編	102.03	250元
9	人猿之死—林佛兒短篇小說選	・林佛兒 著	102.03	300元
10	詩歌聲裡	・胡民祥 著	102.03	250元
11	白髮記	・陳正雄 著	102.03	200元
12	南鵲是我，我是南鵲	・謝孟宗 著	102.03	200元
13	周嘯虹短篇小說選	・周嘯虹 著	102.03	200元
14	紫夢春迴雪蝶醉	・柯勃臣 著	102.03	220元
15	鹽分地帶文藝營研究	・康詠琪 著	102.03	300元
• 第三輯				
16	許地山作品選	・許地山著・陳萬益編著	103.02	250元
17	漁父編年詩文集	・王三慶 著	103.02	250元
18	烏腳病庄	・楊青矗 著	103.02	250元
19	渡鳥—黃文博臺語詩集1	・黃文博 著	103.02	300元
20	噍吧哖兒女	・楊寶山 著	103.02	250元
21	如果・曾經	・林娟娟 著	103.02	200元
22	對邊緣到多元中心：台語文學ê主體建構	・方耀乾 著	103.02	300元
23	遠方的回聲	・李昭鈴 著	103.02	200元
• 第四輯				
24	臺南作家評論選集	・廖淑芳 主編	104.03	280元
25	何瑞雄詩選	・何瑞雄 著	104.03	250元

26	足跡	・李鑫益 著	104.03	220元
27	爺爺與孫子	・丘榮襄 著	104.03	220元
28	笑指白雲去來	・陳丁林 著	104.03	220元
29	網內夢外一臺語詩集	・藍淑貞 著	104.03	200元

• 第五輯

30	自己做陀螺一薛林詩選	・薛林 著・龔華 主編	105.04	300元
31	舊府城・新傳講一歷史都心文化園區傳講人之訪談札記	・蔡蕙如 著	105.04	250元
32	戰後臺灣詩史「反抗敘事」的建構	・陳瀅州著	105.04	350元
33	對戲，入戲	・陳崇民著	105.04	250元

• 第六輯

34	漂泊的民族一王育德選集	・王育德原 著 ・呂美親 編譯	106.02	380元
35	洪鐵濤文集	・洪鐵濤原 著 ・陳曉怡 編	106.02	300元
36	袖海集	・吳榮富 著	106.02	320元
37	黑盒本事	・林信宏 著	106.02	250元
38	愛河夜遊想當年	・許正勳 著	106.02	250元
39	台灣母語文學：少數文學史書寫理論	・方耀乾 著	106.02	300元

• 第七輯

40	府城今昔	・龔顯宗 著	106.12	300元
41	台灣鄉土傳奇 二集	・黃勁連 編著	106.12	300元
42	眠夢南瀛	・陳正雄 著	106.12	250元
43	記憶的盒子	・周梅春 著	106.12	250元
44	阿立祖回家	・楊寶山 著	106.12	250元
45	顏色	・邱致清 著	106.12	250元
46	築劇	・陸昕慈 著	106.12	300元
47	夜空恬靜一流星 台語文學評論	・陳金順 著	106.12	300元

• 第八輯

48	太陽旗下的小子	・林清文 著	108.11	380元
49	落花時節一葉笛詩文集	・葉笛 著 ・葉蓁蓁 葉瓊霞編	108.11	360元
50	許達然散文集	・許達然著莊永清編	108.11	420元

51	陳玉珠的童話花園	・陳玉珠 著	108.11	300元
52	和風 人隨行	・陳志良 著	108.11	320元
53	臺南映像	・謝振宗 著	108.11	360元
54	【籤詩現代版】天光雲影	・林柏維 著	108.11	300元
• 第九輯				
55	黃靈芝小說選(上冊)	・黃靈芝 原著 ・阮文雅 編譯	109.11	300元
56	黃靈芝小說選(下冊)	・黃靈芝 原著 ・阮文雅 編譯	109.11	300元
57	自畫像	・劉耿一 著 ・曾雅雲 編	109.11	280元
58	素涅集	・吳東晟 著	109.11	350元
59	追尋府城	・蕭文 著	109.11	250元
60	台江大海翁	・黃徙 著	109.11	280元
61	南國囡仔	・林益彰 著	109.11	260元
62	火種	・吳嘉芬 著	109.11	220元
63	臺灣地方文學獎考察— 以南瀛文學獎為主要觀察對象	・葉姿吟 著	109.11	220元
• 第十輯				
64	素朴の心	・張良澤 著	110.05	320 元
65	電波聲外文思漾 ——黃鑑村（青釗）文學作品暨研究集	・顧振輝 著	110.05	450 元
66	記持開始食餌	・柯柏榮 著	110.05	380 元
67	月落胭脂巷	・小城綾子（連鈺慧）著	110.05	380 元
68	亂世英雄傾國淚	・陳崇民 著	110.05	450 元
• 第十一輯				
69	儷朋／聆月詩集	・陳進雄、吳素娥 著	110.12	200 元
70	光陰走過的南方	・辛金順 著	110.12	300 元
71	流離人生	・楊寶山 著	110.12	350 元
72	好話一牛車—臺灣勸世四句聯	・林仙化 著	110.12	300 元
73	台南囝仔	・陳榕笙 著	110.12	250 元